AF328154

Exposition de Lyon
1894
Section Cambodgienne

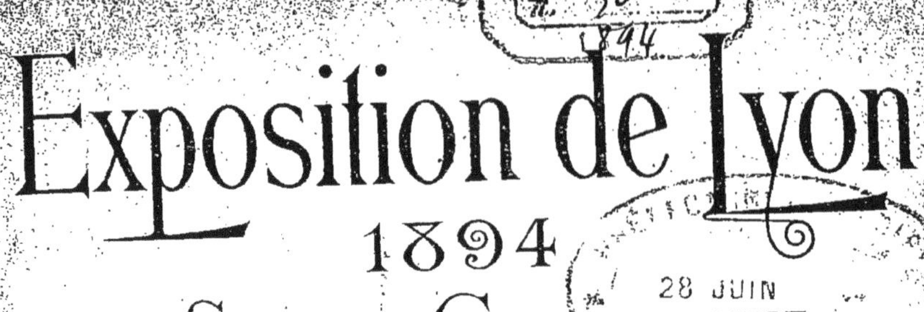

Notes et Souvenirs
sur le Cambodge

avec de nombreuses gravures
dans le texte

par B. Marrot
Officier de l'Ordre Royal du Cambodge
Délégué par le Protectorat Français
pour l'Organisation de l'Exposition Cambodgienne

PRIX: 1.50

GRANDE IMPRIMERIE FORÉZIENNE P. ROUSTAN — ROANNE

NOTES ET SOUVENIRS

SUR

LE CAMBODGE

Exposition de Lyon

1894

SECTION CAMBODGIENNE

NOTES ET SOUVENIRS

sur le CAMBODGE

avec de nombreuses gravures
dans le texte

par B. MARROT

Officier de l'Ordre Royal du Cambodge
Délégué par le Protectorat Français
pour l'Organisation de l'Exposition Cambodgienne

PRIX: 1.50

GRANDE IMPRIMERIE FORÉZIENNE P. ROUSTAN — ROANNE.

NOTES ET SOUVENIRS

Le royaume du Cambodge, qui a tenu à apporter sa petite pierre à l'Édifice que la ville de Lyon vient d'élever, pour permettre à la France d'y exposer les richesses de son industrie, est encore un pays peu connu des Européens; quelques notes sur cette riche contrée m'ont donc paru indispensables pour fixer les idées des visiteurs qui voudront bien s'arrêter pendant quelques instants à la section Cambodgienne.

Comme les Rois heureux, le royaume du Cambodge n'a pour ainsi dire pas d'histoire bien établie ; il faudrait, en effet, pour rechercher la vérité, parcourir un dédale de légendes toutes plus fabuleuses les unes que les autres. Quant aux récits faits par les historiens chinois, on a le droit de les passer sous silence, car, la plupart du temps, ce sont des tissus de mensonges et de superstitions.

Pourtant, comme on le verra plus loin lorsque je parlerai des ruines d'Angkor, quand on se trouve en présence des vestiges de monuments aussi gigantesques et aussi habilement construits, on est forcé de reconnaître que ce pays a dû être autrefois un des plus puissants empires de la presqu'île de l'Indo-Chine.

D'après les documents en partie détruits qui restent de ce temps glorieux, il paraît résulter que c'est vers le XIIe siècle que le Cambodge atteignit à l'apogée de sa puissance. Envahi ensuite par les Chinois, il fut continuellement agité par des querelles intestines ou par des guerres avec les pays voisins, ce qui s'explique facilement par le seul fait de sa position géographique.

Situé entre le 10e et le 13e degré de latitude Nord, et le 101e et le 105e degré de longitude Est, il se trouve étroitement resserré au Nord par le Siam et au Sud par la Cochinchine, aussi les invasions trouvant des routes faciles de tous côtés, il en est résulté qu'il fut tantôt tributaire du Siam, tantôt tributaire de la Cochinchine, suivant que les occasions d'envahissement se présentaient.

C'est pourquoi, si on s'en rapporte à une lettre écrite par un Cambodgien d'après des récits recueillis par lui, lettre dont le capitaine Savin de

Larclauze nous a laissé la traduction, au commencement de ce siècle il ne restait plus de cet ancien empire cambodgien, jadis opulent et redoutable, qu'une petite contrée désolée par la guerre extérieure et la guerre civile, qu'un petit peuple opprimé mourant sous le joug de ses nouveaux maîtres.

Le souverain n'était qu'un roi de paille surveillé par les Siamois et les Annamites, dont l'oppression paralysait les volontés. Aussi le jour où la France, après avoir conquis la Cochinchine, mit le Cambodge sous son Protectorat fut un véritable jour de fête pour ses habitants qui se trouvaient ainsi débarrassés du joug des Annamites.

NORODOM Ier

C'est au mois d'Août 1863 que le Cambodge n'ayant déjà plus l'Annam comme ennemi fut également affranchi de la tutelle siamoise par un traité que l'amiral de La Grandière signa avec le roi actuel, Norodom Ier, traité qui plaçait le Cambodge sous le protectorat de la France.

Environ un mois après, au mois de Juin 1864, Norodom Ier fut couronné solennellement à Oudong, ancienne capitale du Royaume, dans le palais de la Reine-Mère. Cette fête se fit avec tout le cérémonial habituel ; la Reine-Mère, le second Roi, tous les Mandarins, venus des quatre coins du Royaume et revêtus de leurs plus beaux habits tissés en soie de couleurs éclatantes, affirmèrent par leur présence la suprématie de la France vis-à-vis du nouveau Roi.

La couronne était tenue d'un côté par un officier supérieur de la marine française délégué à cet

NORODOM SUR SON TRONE

effet, et de l'autre par un ambassadeur siamois. Le capitaine de frégate Desmoulins y prononça un discours très énergique pour consacrer la délivrance de ce Royaume qui devenait un allié de la France.

Le Roi Norodom Ier avait à cette époque vingt-huit ans, il en a actuellement cinquante-huit et paraît disposé à vivre encore de nombreuses années.

Je ferai grâce au lecteur de tous les titres qui lui furent donnés le jour de son couronnement, ils sont au nombre d'environ vingt-cinq, tous plus emphatiques les uns que les autres, et peuvent se résumer par ceux-ci : Sâmdàch Prea Nôrôdom, Préachau Grung Campuchéa, Thup Bodey. Ils signifient que Norodom est le seigneur, illustre

LE ROI NORODOM

parmi les grands, qu'il a les pieds et la tête sacrés, qu'il descend des esprits invisibles, qu'il est le maître des âmes, etc., etc.

Il est de taille petite, assez maigre quoique

ROYAUME
DU CAMBODGE

CABINET DU ROI

N°

AUTOGRAPHE DE NORODOM

faisant peu d'exercice, car il vit presque continuellement dans son palais; sa grande passion

PREMIERE FEMME DU ROI

est de fumer l'opium, et, comme pour tous les fumeurs de ce narcotique, c'est pour lui une nécessité de l'existence. Il parle le Siamois aussi bien que le Cambodgien qu'il écrit très correctement, mais malgré sa longue fréquentation des Français, il ne connaît que les mots les plus usuels de notre langue. Sa figure, éveillée et très expressive, respire une franche gaîté. Il accueille avec bienveillance les Européens qui vont lui rendre visite et les encourage à venir habiter le pays.

Tous les négociants français qui sont allés au Cambodge ont traité des affaires avec lui, car il aime la diversion dans les achats et, en s'adressant à des maisons différentes, il est certain de connaître toutes les nouveautés dont il est très avide.

Le plus long voyage qu'il ait fait est celui de Phnôm-Penh à Manille. Souvent il a eu l'intention de venir visiter la France, mais il n'a jamais donné suite à ce vaste projet.

Il porte d'habitude le costume cambodgien, les jours de fête ou de réception seulement il se revêt d'un costume spécial moitié cambodgien, moitié français, le tout chamarré de broderies dorées, et, par-dessus, le grand cordon de la Légion d'honneur, sans oublier un képi de général de division.

Il a un goût très prononcé pour tous les articles de fabrication française. Meubles, tentures, glaces, soieries, bijoux, armes, voitures, tous nos produits sont entassés dans ses palais.

La polygamie existant au Cambodge, le Roi est celui qui la pratique avec le plus de faste, car le nombre des femmes correspond en général à la fortune de leur maître.

Il a environ une centaine de femmes dans son sérail, mais quelques-unes seulement sont reconnues comme ses femmes véritables, les autres sont plutôt des danseuses, des chanteuses ou des musiciennes qui sont entretenues dans le palais pour exercer leur talent les jours de fêtes dans les représentations théâtrales.

Elles sont surveillées par des vieilles femmes qui remplacent les eunuques, ces derniers ayant été supprimés depuis fort longtemps.

Le Roi a toujours auprès de lui, quand il est dans l'intérieur de son palais, une vingtaine de femmes qui sont de garde et se relèvent à tour de rôle.

Il serait difficile de dire le nombre exact de ses enfants, car lui-même s'y tromperait n'ayant jamais tenu un registre de l'état civil bien en règle pour contrôler les naissances et les décès.

L'aîné de ses enfants, Macha Douong Chac, sur lequel s'était portée toute son affection, ne lui a pas donné les satisfactions qu'il était en droit d'attendre de lui. Elevé à l'européenne, ce prince, qui dès son enfance paraissait peu communicatif, se tourna contre son père une fois arrivé à l'âge d'homme. Toutes ses manœuvres ayant été déjouées, il fut envoyé en France où il continua à nous susciter des ennuis par des articles qu'il faisait publier dans les journaux de Paris. Pour mettre fin à cet état de choses, le gouvernement français le fit arrêter il y a quelques mois et l'envoya en Algérie où il est interné actuellement.

J'ai dit plus haut, en énumérant les titres du Roi, qu'il avait la tête sacrée. Non seulement on ne peut pas la lui toucher mais encore il est défendu d'étendre la main dessus, ce serait là le plus grand des sacrilèges ; ainsi lorsqu'il occupe un étage de son palais personne ne doit être au-dessus de lui à l'étage supérieur. Cependant comme il faut absolument lui toucher la tête pour lui couper les cheveux ou pour le raser on tourne la difficulté par une cérémonie de la plus haute importance qui a pour but de purifier les mains du barbier auquel échoit cet insigne honneur ; la dite cérémonie a lieu en grande pompe avec accompagnement de musique en présence des Bakû. Ces derniers sont des prêtres spéciaux qui descendent d'une ancienne caste de Cambodgiens ; ils peuvent se marier, portent les cheveux longs, ont un costume particulier et se relèvent par série pour garder l'épée royale qui, grâce à eux, a pu être conservée depuis plusieurs siècles ; ils marmottent des prières qu'ils ne comprennent pas, et comme les assistants ne les comprennent pas non plus c'est probablement pour cela qu'ils sont très respectés et qu'ils font partie de toutes les cérémonies.

Pour en terminer avec le respect dû au Roi, je mentionnerai une coutume peu connue de ceux qui n'ont pas habité le Cambodge. Elle consiste, pour les indigènes, à se prosterner et à ramper à quatre pattes toutes les fois qu'ils sont en présence de leur souverain. A peine ce dernier apparaît-il dans les rues, soit à pied soit en voiture, qu'immédiatement, sur tout le parcours de son passage, hommes, femmes, enfants, tous se prosternent la face contre terre et attendent qu'il soit déjà loin pour oser relever la tête. Les mandarins eux-mêmes sont astreints à cette étrange coutume : ils ne peuvent réglementairement parler au Roi qu'étant prosternés à ses pieds sans jamais le regarder. Toutefois, le Roi, qui subit volontiers l'influence de notre civilisation, les dispense très souvent de ces salamalecs.

LE SECOND ROI. — MANDARINS

Le deuxième Roi, qui a à peu près autant de titres que le premier, est désigné généralement sous le nom d'Obbarach. Il est l'héritier du trône, c'est lui qui doit remplacer Norodom quand il mourra, car la succession n'a jamais lieu en ligne directe, mais à sa mort la couronne retourne aux enfants de Norodom.

La ligne de conduite de l'Obbarach consiste à faire en petit ce que le Roi fait en grand, car ses ressources ne lui permettent pas de grandes dépenses, aussi son pouvoir est nul.

Je ne dirai que quelques mots de l'ancienne administration du Royaume confiée à des fonctionnaires appelés mandarins, car depuis 1884 des réformes importantes ont modifié cette administration ainsi qu'on le verra plus loin.

Nommés et révoqués par le Roi, les mandarins ne reçoivent pas de traitement, mais ils ont une part dans les douanes et dans les amendes provenant des jugements.

Il y a dix degrés de mandarinat. Les ministres sont tous du dixième; ils sont au nombre de dix dont cinq seulement ont un service actif; ils portent tous des noms plus baroques les uns que les autres, je me contenterai de les indiquer dans un langage plus compréhensible et par ordre hiérarchique :

ministre de la Marine, ministre du Palais, ministre de la Guerre, ministre de la Police, ministre des Finances ; puis viennent les mandarins chargés de divers services : travaux publics, recouvrement des impôts, surveillance des magasins royaux, surveillance des voleurs, surveillance des chevaux, des voitures, des éléphants, etc., etc.

Dans l'intérieur du royaume, chaque province a un gouverneur qui y réside et qui a sous ses ordres un grand nombre de subalternes et de maires de villages.

Tous ces mandarins se réunissent deux fois par an dans le palais du Roi pour la cérémonie du serment de fidélité qui consiste à boire l'eau sacrée qui a été préparée par les Bakû.

Un préposé à la cérémonie récite la formule du serment, chaque mandarin répète les paroles au fur et à mesure de la lecture et il reçoit des mains d'un Bakû une petite tasse en bronze contenant l'eau sacrée puisée dans de grandes jarres en terre. Les mandarins malades doivent prévenir afin qu'on leur porte l'eau chez eux ; en cas d'oubli de leur part ils sont condamnés à une amende.

HOMMES LIBRES — ESCLAVES
SAUVAGES OU PENONGS

La population du Royaume comprend, après les mandarins, les hommes libres, les esclaves et enfin les bonzes qui forment le clergé.

Il faut dire de suite que les esclaves ne le sont pas dans le sens du mot. Ce sont des gens endettés soit par leur propre faute, soit par celle de leurs pères. Ils sont au service du maître envers lequel ils ont contracté une dette, mais ils ont le droit de se racheter dès qu'ils le peuvent, ou s'ils ne sont pas contents de leur maître ils ont encore le droit de se faire racheter par un autre maître qui rembourse le premier. En général lorsqu'ils font partie de la maison depuis quelque temps ils ne sont pas trop maltraités et sont plutôt regardés comme des domestiques, au reste leurs enfants ne sont pas esclaves en naissant.

Quand leur maître ne peut pas utiliser leurs services il les autorise à monter un petit commerce ou à se livrer à une profession, mais alors il prélève un tant pour cent sur le produit de leur travail.

En outre des esclaves pour dettes il y a encore les sauvages, désignés en cambodgien sous le nom de Penongs ou Stiengs dont la traite est faite par les Laotiens. Ceux-là sont esclaves dans toute l'acception du mot. On les appelle sauvages ou hommes des forêts parce qu'ils vivent à l'état sauvage

FLÈCHES ET ARC

entre la rive gauche du Meikong et les montagnes de la Cochinchine.

Ils trouvent chez eux presque sans culture, ou du moins sans culture pénible, plus de riz et de maïs qû'il ne leur en faut pour vivre. Les rivières et les lacs leur fournissent du poisson en abondance ; les forêts qu'ils habitent sont peuplées de bestiaux et de bêtes fauves qu'ils chassent non point avec des fusils mais simplement avec des flèches et tous les autres moyens primitifs. Leurs maisons demandent quelques heures pour sortir de terre ; quelques bambous en forment la charpente ou l'ossature puis

SAUVAGE OU PENONG

les murs et la toiture sont faits avec de larges feuilles de palmier jointes les unes aux autres. Quant à leurs vêtements la photographie ci-dessus en donnera une idée.

Hommes et femmes cachent leur nudité avec un morceau d'étoffe de la largeur d'une feuille de vigne suspendu par deux fils qui viennent se nouer autour des hanches. Quelquefois pourtant, dans les grandes cérémonies, ils s'entourent la ceinture d'une pièce d'étoffe qui tombe jusqu'au genou. Toute leur coquetterie consiste à se mettre de gros morceaux d'os dans les oreilles en guise de boucles et à se suspendre autour du cou un grand chapelet qui orne toute leur poitrine et qui est fait avec une corde et de petits morceaux d'os.

Ils se trouvent ainsi heureux dans leur sauvage ignorance.

Chez eux point de révolutions pour changer la forme d'un gouvernement ; ils sont divisés en villages dont les vieillards sont les chefs.

Ils n'ont aucune idée de l'écriture ; quelques pratiques superstitieuses et rudimentaires leur tiennent lieu de religion ; pour eux, Dieu, c'est la forêt et ses mystères ; ils ne se rendent aucun compte de la marche des astres et par conséquent n'ont aucun moyen de mesurer le temps.

Ils ne connaissent que deux choses : « la terre qui voit naître le soleil et le pays que le soleil embrase à son coucher, c'est-à-dire le lever et le coucher du soleil. »

Les Laotiens qui leur font souvent la guerre s'en emparent et les vendent aux Cambodgiens. Ces malheureux, généralement, prennent le mal du pays : arrachés à leurs forêts, privés de leur liberté, ils ne tardent pas à mourir. Ceux qui peuvent résister au spleen et qui supportent leur nouvelle condition deviennent d'excellents domestiques, car ils sont fidèles et serviables.

Notre civilisation a commencé à en diminuer le nombre en rendant leur traite plus difficile, et, avant peu, il ne sera plus parlé de l'esclavage au Cambodge que pour mémoire.

RELIGION. — BOUDDHISME

La religion du Cambodge est le Bouddhisme tel qu'il se pratique à Ceylan d'où il est venu. Il

BONZES CAMBODGIENS

est enseigné par les Bonzes ou Talapoints, ces derniers portent un costume tout jaune qui consiste en un grand morceau d'étoffe dans lequel ils se drapent comme on le ferait avec un grand

manteau. Ils ont la tête rasée, s'occupent exclu-
sivement de religion et habitent les bonzeries
à côté des pagodes où ils apprennent à lire et à
écrire aux petits enfants ; ils ont des règlements
très sévères qu'ils suivent respectueusement, ainsi
ils ne peuvent manger qu'une fois par jour
avant midi et jamais après le coucher du soleil,
l'eau est leur seule boisson ; ils doivent se lever
avant le jour et ne peuvent sous peine de mort
causer avec des femmes si elles ne sont au moins
trois ensemble. Il leur est défendu de rien deman-
der, ils doivent simplement recevoir ce qu'on leur
donne sans regarder et sans proférer une seule
parole. Ne vivant que d'aumônes, les bonzes partent
chaque matin munis d'une espèce de boîte ronde
en fer-blanc recouverte d'étoffe rouge et munie
d'un couvercle qu'ils portent en bandoulière ; ils
marchent à la queue leu leu, l'un derrière l'autre
et vont à tour de rôle dans chaque quartier de
leur paroisse en tenant à la main une fleur de
lotus. Devant chaque maison se tient le maître
qui a installé sur un banc une grande marmite
remplie de riz cuit à l'eau puis, à côté, des bananes,
du poisson et d'autres victuailles ; le bonze s'arrête,
tourne le dos pour ne pas voir ce qui va se passer,
se voile la face avec son éventail et ouvre le couvercle de sa boîte, dans laquelle on lui met une
cuillerée de riz, quelques bananes et d'autres mets
tout préparés ; il replace le couvercle s'en va
devant une autre maison, et ainsi de suite, jusqu'à
ce que sa boîte soit pleine. A ce moment, il rentre
à la bonzerie.

2

Dans toutes les circonstances de la vie on a recours à eux pour faire des prières, du reste ils sont forcés de se rendre à toute invitation qui leur est faite. Leur ministère consiste à " *theu bon* " faire

PAGODE DU ROI

le bien et à chásser l'*Arack* (le Diable); pour cette dernière cérémonie, ils récitent en criant des prières capables de vous crever le tympan des oreilles. Très souvent ces prières sont accompagnées d'une musique infernale et si le diable ne quitte pas la maison, c'est que réellement il y met de la bonne volonté.

Ce qui est assez singulier c'est qu'ils peuvent se défroquer à volonté, et prendre femme ou reprendre leurs femmes ; car, quoique marié, il est de bon ton au Cambodge de quitter sa femme pendant quelque temps et d'aller faire pénitence dans une bonzerie.

Le Roi lui-même et tous les Mandarins ont été bonzes. Quelques bonzes cependant restent dans la religion toute leur vie.

GARDIEN DE LA PAGODE

Ils sont très respectés des Cambodgiens qui les vénèrent d'autant plus qu'ils suivent avec componction les préceptes du Bouddhisme.

La pagode est un monument supporté par de fortes colonnes en bois dur, avec une toiture à pente très prononcée et formant deux étages superposés ; la photographie ci-contre représente la pagode du Roi, qui se trouve près de son palais ; la façade que l'on voit au-dessus de la porte d'entrée est richement décorée d'arabesques dorées, représentant des têtes de génie. De chaque côté de l'entrée, une statue

ENLÈVEMENT D'UNE PRINCESSE

en pierre représente un gardien armé d'une massue; l'intérieur ne forme qu'une seule salle. Sur les murs est reproduite en peinture toute l'histoire du Ramayana, grand poème sanscrit dont la rédaction est attribuée à Valmiki. Ces peintures montrent les différents épisodes du poème : combat des bons et des mauvais génies; combat des singes qui ont le pouvoir de transporter des montagnes; enlèvement des princesses; vues de l'enfer et du ciel, etc., etc. Au fond du temple on voit une grande statue de Bouddha en pierre ou en bois doré, et sur les côtés quelques autres statues de plus petites dimensions, en bronze, en argent ou en or.

STATUE DE BOUDDHA EN BRONZE DORÉ

Les Cambodgiens ne se rendent à la pagode que les jours de fête. Ainsi, pour le nouvel an qui a lieu vers notre mois d'Avril, ils vont laver les statues de Bouddha et font brûler des bougies de couleurs plantées sur de petits monticules de sable qui tiennent lieu de chandelier. Parmi ces fêtes je citerai celle de l'agriculture, celle de l'ordination religieuse, par laquelle le Roi préside à l'entrée en religion de ses fils ou de ses mandarins, celle de l'entrée dans la saison des pluies au mois de Juillet, puis la grande fête des offrandes aux ancêtres, et enfin, la fête qui consiste à expulser les mauvais esprits ou à chasser le diable, dont je parlerai plus loin.

PHNOM-PENH — LE MÉKONG

La capitale du Cambodge est Phnôm-Penh (*Montagne pleine*).

Cette ville, le grand marché du royaume, est admirablement située ; aussi notre gouvernement ne pouvait-il mieux choisir pour y installer la résidence du représentant du Protectorat.

Ainsi que je l'ai dit plus haut, le couronnement du Roi eut lieu à Oudong, à une journée au-dessus de Phnôm-Penh. Oudong était l'ancienne capitale, que la reine-mère continua à habiter lorsque son fils Norodom choisit Phnôm-Penh pour en faire la nouvelle capitale de son

PAGODE D'OUDONG

royaume où flottait déjà le pavillon du Protectorat français. Aujourd'hui Oudong est une ville morte où tous les monuments, palais et pagodes tombent en ruine. La grande pagode d'Oudong, dont le dessin ci-contre donne une idée, a été une des plus belles du Cambodge.

Phnôm-Penh au contraire n'a fait que croître et embellir; c'est le point où le roi des fleuves, le Mékong, qui vient de Chine, se divise en trois bras : l'un qui traverse la basse Cochinchine et va se jeter à la mer en traversant la province de Vinh-Long, l'autre qui passe à Chaudoc pour aller se jeter dans la mer à Bassac, enfin le troisième qui commence à Phnóm-Penh même et remontant en sens inverse va alimenter le grand lac dont il sera parlé plus loin. Le Mékong, qui prend sa source aux confins du Thibet ultérieur et du Koko-Nor, coule d'abord du nord au sud sous le nom de Lang-san-Kiang et traverse la province du Yun-Nam (*Sud nuageux*) dans son plus grand diamètre; il est navigable dès le 22ᵉ degré et devient alors une des plus belles voies de communication pour cette province.

Toutefois les Chinois ne l'utilisent guère pour transporter leurs produits, ils redoutent les peuplades sauvages qui sont sous la domination de Siam, et, dans la crainte de voir leurs bateaux pillés ou frappés de droits de douane exorbitants au profit de Bangkok, ils préfèrent commercer avec le marché de Bahmo sur l'Iraouaddy. C'est en quittant le Yun-Nam que ce fleuve prend le nom de Mékong; après avoir arrosé de nombreuses tribus et le Laos en particulier, il se transforme en une magnifique rivière coulant au milieu d'une vallée fertile dans laquelle il dépose chaque année un limon bienfaisant. La plus grande partie du sol est couverte de forêts, mais il y a aussi quelques immenses plaines où vivent des troupeaux de bœufs, de buffles sauvages, d'éléphants et de rhinocéros.

Vers le 18me degré, on admire les ruines de Viengchan qui fut la capitale de l'ancien royaume du Laos lequel reconnaissait la suzeraineté de Siam. Le commerce qui se faisait autrefois dans cette importante cité s'est transporté un peu plus bas dans le village de Nong-Kay. Il s'y fait de nombreux achats de cornes, de soie, d'ivoire, de cire, de fer et d'argent. La monnaie employée est de la poussière d'or enfermée dans des tuyaux de plumes de calao, fermés au moyen d'un tampon de coton. Cette poussière se pèse avec des balances chinoises; pour ce, on ouvre un des côtés du tuyau et on en vide le contenu dans la concavité du bec supérieur d'un calao, dont l'extrémité effilée permet à la poudre de tomber sur le plateau de la balance sans en perdre une parcelle.

En continuant à descendre le fleuve, on arrive à Lakhon qui se trouve sur la rive droite; à cet endroit les eaux ont presque un kilomètre de largeur. On exploite à Lakhon des rochers de calcaire marmoréen pour la fabrication d'une chaux qui n'est pas très bonne pour bâtir, mais qui, en revanche, est exportée dans tout le Cambodge comme chaux à chiquer avec le bétel et la noix d'arèque.

En continuant sa route vers les rapides de Khong, le Mékong, resserré entre les montagnes qui le séparent de l'empire Annamite et des possessions de Siam, commence à devenir d'une navigation plus difficile ; en traversant des pays inhabités, il coule comme un torrent emprisonné entre de hautes digues rocheuses, roulant ses eaux sur un fond hérissé de rochers formant des rapides si dangereux que les pirogues mêmes ont de la peine à se frayer un passage à travers ces précipices. Pour faire passer les marchandises, on les embarque en amont sur de forts radeaux et on les charge en aval sur de nouvelles barques.

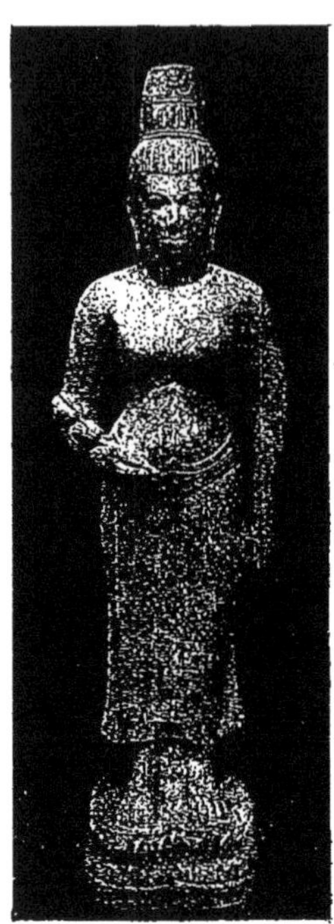

STATUE TROUVÉE A SAMBOR

Après avoir franchi ces cataractes, la grande rivière reçoit sur sa rive gauche un affluent considérable : le Stung-Streng qui est formé lui-même de plusieurs rivières descendant toutes des montagnes de la Cochinchine.

En dessous de Khong, le Mékong recommence à être navigable pendant les hautes eaux ; les canonnières et les chaloupes à vapeur qui viennent de Phnôm-Penh peuvent en effet remonter jusqu'au-dessus de Stung-Streng.

A partir de ce village, le Mékong poursuit

sa course rapide dans une belle vallée peu peuplée, et dans laquelle ne se fait aucun commerce, puis, après avoir passé devant Sambor et Samboc petits villages cambodgiens sans importance, construits sur sa rive gauche, il vient se jeter en face de Phnôm-Penh, au point appelé les quatre bras. La ville de Phnôm-Penh se trouve donc bâtie au confluent des quatre grands bras du Mékong en y comprenant le bras mère; c'est une situation exceptionnelle qui se rencontre rarement. Ce qui frappe le plus en effet au Cambodge, c'est la beauté de ce grand fleuve avec ses crues périodiques qui se produisent vers le mois de septembre. A ce moment, les eaux s'élèvent de 10 à 12 mètres et vont inonder les plaines où elles doivent déposer leur limon.

La population de Phnôm-Penh, qui est d'environ trente-cinq mille habitants, est composée de Cambodgiens, de Chinois, d'Annamites, de Malais, de Malabars et de quelques Européens. La majeure partie des maisons a été construite par le Roi qui autrefois les affermait à un français, car lui seul pouvait être propriétaire dans son royaume; mais depuis peu, grâce à l'intervention de notre gouverneur général, M. de Lanessan, le droit de propriété a été créé, de nouvelles rues se sont ouvertes et d'importantes transactions se sont faites sur les terrains. Cette réforme, qui était la plus importante que l'on puisse faire au Cambodge, contribuera à la richesse de ce beau pays et nos colons n'oublieront pas qu'ils en sont redevables à M. de Lanessan qui le premier en a eu l'initiative et a su faire comprendre au Roi qu'en rendant le sol de son royaume aliénable, c'était ouvrir une voie nouvelle à notre commerce et à notre industrie, car il est difficile de s'attacher à un pays où l'on trafique sans y avoir des attaches solides.

La constitution de la propriété a déjà attiré au Cambodge de nombreux négociants qui ont commencé à employer leurs capitaux à acheter les terrains sur lesquels leurs maisons de commerce ont été construites.

Il y a vingt ans environ, quand je suis arrivé à Phnôm-Penh, la ville ne comptait que quelques maisons en briques : les habitants logeaient dans des constructions cambodgiennes en bambous et en paillottes, constructions demandant à peine deux jours pour être érigées. Le représentant du Protectorat lui-même habitait sur le bord du fleuve une case dont le confortable laissait loin derrière lui celui de la résidence actuelle. Aujourd'hui, entre le palais du Roi et le Protectorat qui sont aux deux extrémités de la ville, des maisons bâties à l'européenne se sont élevées de tous côtés et avant peu Phnôm-Penh sera en petit ce que Saïgon, la capitale de la Cochinchine, est en grand. On peut citer comme travaux récents : la nouvelle rue de Kampot entièrement bâtie, le quai Piquet, le quai de Vernéville, quelques rues transversales et un grand marché couvert en fer. Je dois mentionner encore un canal qui a été creusé au centre de la ville et qui, prenant ses eaux dans le fleuve, va les déverser dans le même fleuve en amont et en aval de Phnôm-Penh, après avoir fait le tour de la ville. Trois ponts permettent de le traverser pour relier les différents quartiers. Jusqu'à présent, ce canal n'a pas rendu les services que l'on croyait par suite de son peu de profondeur ; on doit le creuser encore, mais il est à craindre, qu'une fois cette dépense faite, on se heurte à de nouvelles difficultés, car le courant des eaux qu'il reçoit du fleuve mineront certainement ses berges hautes de 10 à 12 mètres et on sera obligé de faire des quais en maçonnerie, dépense considérable.

La classe pauvre des Cambodgiens habite dans des bateaux sur les bords du fleuve. Ces gens, qui vivent généralement de petit commerce, achat de riz, de poissons et d'autres produits qu'ils vont chercher dans l'intérieur pour venir les revendre, ont ainsi la facilité de pouvoir se déplacer à volonté, leurs bateaux leur servant de moyen de transport et de logements en même temps.

On trouve, sur le marché de Phnôm-Penh, du tabac, du poivre de Kampot, de la canne à sucre, du gingembre, de l'indigo, de la noix d'arec, du bétel, de la gomme gutte, de la laque, du riz, des étoffes de soie, des matelas, des nattes. Ces deux derniers articles sont une spécialité du pays et sont très recherchés ; les matelas, qui ont de 5 à 15 centimètres d'épaisseur, sont faits avec le produit de l'ouatier, arbre qui pousse très bien et donne des gousses renfermant une ouate très soyeuse. Pour fabriquer ces matelas on met la ouate en question dans une étoffe de coton divisée par compartiments ce qui permet de replier le matelas sur lui-même et de le réduire au plus petit volume

possible. Quand on veut s'en servir on n'a qu'à
le déplier. Les nattes sont fabriquées avec des
joncs très solides que l'on a eu soin de colorer au
préalable en couleurs éclatantes, en les mélangeant
avec d'autres joncs auxquels on laisse leur couleur
naturelle jaune paille, on obtient ainsi de très jolis
dessins.

Ces nattes, qui ont 1^m60 de long sur 70 à 80 centimètres de largeur sont étendues sur les lits en bambous dont se servent les indigènes, ou par terre pour s'asseoir dessus ; elles sont presque inusables.

Je dois également mentionner la bijouterie cambodgienne qui a

THÉIÈRE CAMBODGIENNE EN OR

un cachet d'originalité tout particulier. Le Roi a
des orfèvres qui savent admirablement travailler
l'or, l'argent, et excellent à enchasser les pierres
précieuses pour en faire des bagues, des colliers
et autres ornements.

Les achats qui autrefois se faisaient par voie
d'échange, s'effectuent actuellement en monnaie,

VASE EN ARGENT

au moyen de barres, de piastres cambodgiennes,
de piastres mexicaines, et des nouvelles pièces que
le Roi a fait frapper depuis quelques années. On
se sert en outre des billets de la banque de l'Indo-
Chine et des piastres frappées spécialement pour
la Cochinchine qui ont cours dans tout le Cambodge.

La barre appelée « *nên* » est un lingot d'argent
mesurant 15 centimètres de longueur sur 3 centimètres de largeur et 1 centimètre d'épaisseur, elle
vaut 50 francs environ. Quant aux piastres cambod-

giennes appelées « *Bât* », elles sont de deux modèles
dont un moins large mais plus épais que l'autre, la
valeur toutefois est la même : quatre francs. J'ai
tenu à en donner un fac-similé, car aujourd'hui
elles sont très rares et ont été remplacées par la
nouvelle monnaie qui comprend les pièces en

argent *de deux francs, de un franc, de cinquante centimes* et les pièces en cuivre *de dix centimes et de cinq centimes.*

Comme on le voit, la frappe de ces pièces est basée sur notre système monétaire.

PLATEAU CAMBODGIEN EN CUIVRE CISELÉ

CAMBODGIENS — MŒURS — COUTUMES

ᴇs voyageurs qui vont de Saïgon au Cambodge sont tout étonnés de la différence de race qui existe entre ces deux pays voisins.

L'Annamite est petit, le Cambodgien est grand. L'Annamite est vêtu de la tête aux pieds, moins les souliers cependant, le Cambodgien ne porte pour tout costume qu'un morceau d'étoffe autour de la ceinture. La religion n'est plus la même ; on pourrait dire que les Annamites sont bouddhistes, mais pour ceux qui les connaissent et qui ont tant soit peu vécu avec eux, il est facile de reconnaître qu'il n'y a chez eux qu'un culte bien caractérisé et religieusement observé, c'est le culte des ancêtres. Ils se moquent de leurs prêtres avec un sans-gêne révoltant, tandis que les Cambodgiens ont une grande vénération pour les leurs.

La religion différant, il en est de même des

mœurs ; quant à la langue elle n'a aucun point de ressemblance, autant comparer, en France, un Breton et un Méridional.

L'Annamite chante en parlant, le Cambodgien parle une langue *recto-tono* aussi facile à comprendre que le Malais.

L'Annamite porte les cheveux longs, le Cambodgien a la tête rasée ; seul un petit toupet taillé en brosse sert d'ornement à son crâne. La religion, la langue, les mœurs et le type de la race Cambodgienne feraient croire qu'elle provient, comme la race Siamoise, d'un mélange d'Indiens et de Malais ; seulement le sang indien dominerait chez les Cambodgiens, tandis que, chez les Siamois, ce serait le sang Malais. Si après avoir comparé les Cambodgiens avec les Annamites, nous continuons la même comparaison avec leurs autres voisins les Siamois, la différence n'est plus la même. Sauf la langue, et encore la langue générale, car les titres et les mots qui sont employés à la cour sont les mêmes ainsi que les prières, le royaume du Cambodge et le royaume du Siam présentent une grande analogie. Toutes les cérémonies et les fêtes se font de la même manière dans les deux pays. On reconnaîtrait les Siamois à leur allure molle et paresseuse ; les Cambodgiens auraient l'air moins servile. Ils sont grands, bien musclés ; ils ont le nez un peu camard, les pommettes des joues saillantes et le regard doux, quant à leur coiffure elle mérite une mention particulière. Hommes et femmes se rasent la tête, ne conservant qu'un toupet qui en occupe le sommet et qui est tenu

taillé en brosse à une hauteur de 4 à 5 centimètres.
Les femmes seules se laissent pousser, de chaque
côté des tempes, une mèche de cheveux que l'on
nomme " *Prouit* " et qui vient tomber sur les
épaules.

FEMME CAMBODGIENNE

Leur parler est beaucoup plus doux que celui
des hommes, l'intonation de leur voix, qui est très
douce, a quelque chose d'implorant.

Le teint des Cambodgiens est d'autant plus
bronzé, qu'ils ne portent jamais de chapeau et
malgré leur crâne rasé ils vont en plein soleil par
n'importe quelle température. Les hommes et les
femmes portent le même costume fondamental

" *le Sâmpot* " c'est une petite pièce d'étoffe qu'ils enroulent autour de la ceinture et dont les longs plis, ramenés par derrière en les passant entre les jambes, viennent s'attacher à la ceinture du côté du dos. Les femmes, en plus du " *Sâmpot* ", portent une écharpe en sautoir qui leur cache les seins.

Tel est le costume du peuple, les Mandarins ajoutent encore une petite veste tantôt en coton, tantôt en soie, suivant le degré de richesse ; cette veste très collante est fermée sur le devant de la poitrine par sept boutons et elle devient obligatoire dès qu'on entre dans le palais.

J'ai le premier importé au Cambodge les cotonnades de Rouen et de Roanne pour en faire des " *Sâmpots* "; aujourd'hui c'est un article courant qui est acheté par tous les Cambodgiens, je dois dire toutefois que les gens riches et les Mandarins se revêtent les jours de fêtes du " *Sâmpot haul* " qui est tissé en soie avec des dessins très originaux. Toutes les femmes savent tisser et, comme dans chaque maison il y a un métier, ce sont elles qui sont chargées de monter la garde-robe de leurs maris pour les jours de gala.

Au Cambodge tout le monde chique le bétel, même les enfants dès qu'ils commencent à marcher. Il faut trois choses pour chiquer : la feuille du bétel, de la chaux éteinte que l'on colore en rose et de la noix d'arec. Le bétel est une espèce de poivrier grimpant dont les feuilles vertes ressemblent assez comme forme à nos feuilles de lilas ;

on s'empresse de les cueillir avant qu'elles aient pris une teinte jaunâtre, ensuite elles sont réunies par paquets de vingt à trente et vendues dans les rues ou au marché. La noix d'arec est le fruit d'un genre de palmiers à tiges élancées qui possède des propriétés très astringentes ; quant à la chaux, elle provient, comme je l'ai dit plus haut, des rochers calcaires de Lakhon dans le grand Fleuve.

La coutume de mâcher le bétel est telle chez les Cambodgiens qu'ils portent constamment sur eux les ingrédients nécessaires, les pauvres dans une boîte de cuivre, les riches dans des boîtes en argent ou en or. Ces boîtes qui ont 12 à 15 centimètres sont divisées par compartiments dans lesquels on place la noix d'arec, les feuilles de bétel et la chaux éteinte plus un petit instrument en forme de spatule. Pour faire une chique on prend une feuille de bétel, on étale dessus un peu de chaux avec la spatule, on y ajoute de la noix d'arec coupée en tranche puis on roule le tout en forme de cigarette et on se l'introduit dans la bouche.

Il ne reste plus qu'à mâcher ce qui peut durer une bonne demi-heure. Cette mastication produit en peu de temps une salive d'un rouge éclatant qui se communique aux lèvres.

Il faut croire que le bétel n'irrite point comme on pourrait le supposer les voies digestives, sans cela il ne s'en consommerait pas autant ; le seul inconvénient qui paraît en résulter c'est le déchaussement des dents et, si je puis m'exprimer ainsi, le blindage du palais sur lequel le sens du goût est considérablement émoussé, à un tel point que les Cambodgiens peuvent boire, sans faire la moindre grimace, de l'absinthe, du bitter et de tous les alcools à l'état pur absolument comme nous boirions de l'eau.

D'après les observations de nombreux médecins, le bétel préserverait des fièvres et de la dysenterie, il relèverait la tonicité de la peau et empêcherait par son action astringente les sueurs excessives qui affaiblissent les habitants des pays chauds. Comme en chiquant il faut cracher abondamment, lorsqu'ils se livrent à ce plaisir, dans l'intérieur de leurs cases, les Cambodgiens ont soin d'avoir à côté d'eux une petite urne en cuivre qui leur sert de crachoir; aussi lorsqu'ils sont plusieurs ensemble il se dégage de ces crachoirs une odeur âcre qui vous prend à la gorge et à laquelle les Européens s'habituent difficilement.

On fume également beaucoup au Cambodge; le tabac, un des produits du pays, est mauvais, il brûle mal et n'a pas de parfum; malgré cela comme on peut fumer en chiquant, hommes, femmes et enfants se livrent toute la journée à ces deux passe-temps. C'est sous forme de cigarettes seulement que le tabac est consommé, on le roule dans des morceaux de feuilles de bananier séchées qui ont une couleur café au lait, en ayant soin que l'un des bouts soit plus gros que l'autre comme dans les cigares de Manille. Les femmes, généralement chargées de rouler ces cigarettes pour la provision de la maison, les attachent par le milieu avec un fil mince afin qu'elles ne se déroulent pas.

On en trouve de toutes faites chez des marchands ambulants qui se tiennent dans les rues ou au marché.

Pour ne pas être obligés d'en sortir continuellement de leur étui à cigarettes qui est placé dans un des plis de la ceinture du '' *Sâmpot* '', les fumeurs en prennent trois à la fois, dont une va directement à la bouche et les deux autres sont posées sur chaque oreille pour attendre leur tour.

La nourriture des Cambodgiens se compose de riz cuit à l'eau qui remplace notre pain, de poissons salés, de fruits, de légumes, de volaille et de la viande des animaux qu'ils peuvent tuer à la chasse. Ce sont : le chevreuil, le cerf, le sanglier, l'éléphant sauvage. Les chasseurs sont très hardis, j'en ai vu qui parvenaient à tuer des éléphants avec de mauvais fusils à pierre qui coûtent 10 francs dans le pays. Lorsque les éléphants descendent la nuit des montagnes pour venir manger dans les champs de cannes à sucre, ils vont les surprendre au point du jour, ils s'avancent doucement en rampant contre le vent et, arrivés près de l'éléphant, lui tirent une balle dans l'oreille : si le coup part, l'animal tombe roide mort ; au cas contraire, si le tireur n'a pas le temps de se sauver, ses jours sont fortement en danger, car d'un coup de trompe l'éléphant le renverse et le piétine ensuite.

Quoique la chair de l'éléphant soit de mauvaise qualité, on la fait sécher au soleil ou on la sale comme la viande des autres animaux. La trompe et les pieds sont des mets royaux que l'on offre généralement au souverain. J'en ai mangé plusieurs fois à la table du Roi, mais je dois avouer que ce plat tant recherché n'a rien de bien appétissant.

On chasse encore les éléphants d'une autre manière, mais alors c'est pour les réduire en captivité et en faire des animaux domestiques. Pour s'en emparer on va, dans les endroits qu'ils ont l'habitude de fréquenter, avec de gros éléphants privés qui attirent leurs congénères ; une fois réunis ensemble, ils entourent les jeunes éléphants, alors des Cambodgiens leur passent des entraves dans les jambes et ils sont emmenés pour être dressés à servir d'animaux de transport. Ils rendent, en effet, de grands services dans un pays où les seuls moyens de communications sont les cours d'eau.

Avec un éléphant on va partout, il se trace lui-même une route à travers les forêts, les broussailles et les marais. Aucun obstacle ne l'arrête, avec sa trompe il écarte tout ce qui peut le gêner, il escalade les rochers, il traverse à la nage les fleuves les plus larges, portant les voyageurs sur son dos dans une espèce de cage. Il faut dire qu'on y est fortement secoué, tantôt en avant, tantôt de droite à gauche, tantôt de gauche à droite, et les personnes qui n'y sont pas habituées ont ordinairement le mal de mer. Un éléphant valant depuis cinq cents francs jusqu'à deux mille francs, cet animal est entouré de tous les soins voulus, on le nourrit avec de l'herbe fraîche, avec des feuilles de bananier et avec de la canne à sucre dont il est très friand.

Je ne puis passer sous silence les éléphants

blancs qui, étant assez rares, sont toujours offerts
au Roi lorsqu'on en trouve dans les forêts.

Ils ne sont pas réellement blancs comme on
pourrait le supposer. Ils diffèrent simplement
des autres éléphants par leurs yeux qui, au lieu
d'être noirs, sont plus clairs, comme ceux des

CAGE POUR MONTER A ÉLÉPHANT

albinos et par des taches blanches qui paraissent être produites sur leur corps à la suite
d'une maladie de peau. Il y a quelques années,
le Roi en possédait deux ; ils avaient une écurie
spéciale où des serviteurs les nourrissaient avec
de la canne à sucre et des gâteaux qu'on leur
servait dans des plats en argent. Au reste, dès le

moment de leur capture, les éléphants blancs sont en grande vénération. On les conduit en musique et en grande pompe chez le Roi ; outre leurs serviteurs, ils ont des musiciens qui sont spécialement affectés à leur service pour les conduire chaque jour au bain ; un mandarin étend sur leur tête un grand parasol de couleur jaune, et la musique qui les précède leur fait faire place. S'ils tombent malades, ils sont soignés par un médecin de la cour, les bonzes eux-mêmes viennent réciter des prières.

CHARRETTE A BŒUFS

Il existe encore un autre mode de transport pour voyager dans l'intérieur, c'est la charrette à bœufs ; fabriquée très primitivement, elle secoue horriblement les voyageurs. Il faut dire que, ne craignant rien pour ses ressorts absents, elle passe partout, dans les ornières des mauvaises routes, dans les ravins, dans les brousses et même dans les ruisseaux peu profonds.

Mais revenons aux Cambodgiens. Leurs maisons, comme le montre le dessin placé en tête de ce chapitre, sont bâties sur pilotis, d'abord par question de salubrité, ensuite pour mettre les habitants à l'abri des inondations qui, chaque année, envahissent le sol au-dessus des digues. Toute la carcasse est en bambous, seules les maisons des mandarins comportent des pièces de bois dur ; la toiture a une pente rapide pour permettre l'écoulement des eaux pendant la saison des pluies et les parois des murs sont faites avec des feuilles de palmier assemblées en forme de claies maintenues par des liteaux en bambous. La pièce principale se trouve à l'entrée : c'est la salle de réception, les étrangers ne pénètrant jamais dans les autres pièces qui sont des compartiments réservés à la famille. Des maisons aussi légères, construites avec des matériaux auxquels la moindre étincelle met le feu, sont souvent la proie des flammes et quand le vent se met de la partie, en un clin d'œil, tout un quartier est détruit, il est vrai que la reconstruction ne demande pas longtemps.

Comme médecine, les Cambodgiens sont assez arriérés, leurs médecins, appelés " *Krou-Pêt* ", ont la plupart du temps recours à la pharmacopée chinoise ; ils ne connaissent pas grand'chose aux maladies, qu'ils guérissent au moyen d'emplâtres composés d'herbes pilées ; pour les plaies, ils les frottent avec un mélange d'huile, de poudre de chasse et de feuilles fraîches. Les accouchements sont faits par les sages-femmes cambodgiennes qui jouissent d'une grande réputation. Une coutume bizarre consiste à placer la mère sur un plancher formé par un treillis à jour en bambous et à allumer en dessous du feu dans un réchaud sur lequel on fait brûler des parfums. On entoure ce lit improvisé d'un fil de coton formant une barrière qu'il ne faut franchir qu'après un certain temps, ce fil de coton a le pouvoir d'écarter les mauvais esprits ; quoi qu'il en soit, les accouchements se font très heureusement.

Je terminerai cette étude rapide des usages cambodgiens par la description des funérailles qui est d'autant plus intéressante que la crémation, en grand usage dans tout le Cambodge, a trouvé un écho à Paris où des fours crématoires perfectionnés sont établis depuis quelques années. La coutume de la crémation qui a existé chez les Grecs et chez les Romains fut supprimée par le Christianisme ; le respect que nous avions pour les morts nous rendait répugnantes les flammes du bûcher antique, mais la science moderne, avec ses moyens sûrs et expéditifs, est arrivée à opérer en quelques instants le hideux travail de la décomposition qui se passait au sein de la terre et loin de nos regards. Les fours crématoires de Paris n'ont en effet aucune ressemblance avec les usages de la crémation telle qu'elle est encore pratiquée à Siam et au Cambodge.

Lorsqu'un Cambodgien est à toute extrémité, sa famille va chercher les bonzes qui viennent réciter les prières ; si ces dernières ne l'empêchent pas de mourir, une fois le triste spectacle de la mort bien constaté, on lave le cadavre pour le purifier, ensuite on l'enveloppe de la tête aux pieds dans une pièce de cotonnade écrue. On lui met dans la bouche un objet quelconque en argent ou en or, puis on l'enferme dans le cercueil qui sera placé sur le gril. Les pauvres brûlent leurs morts immédiatement, la classe aisée les conserve trois ou quatre jours, quant aux riches, ils les gardent plus longtemps suivant leur position de fortune et en suivant certains préceptes d'hygiène.

Ainsi on commence par enlever les entrailles que l'on donne à manger aux chiens, puis, après avoir injecté du mercure dans la cavité du ventre, on place le mort dans son cercueil, on ferme hermétiquement le couvercle et, dans un trou pratiqué dans ce couvercle, on introduit un bambou percé dans toute sa longueur qui, s'élevant jusque sur le toit de la maison, sert de tube d'aération ou de cheminée d'appel d'air.

Au jour fixé pour la crémation qui a lieu généralement dans une cour près de la maison, le cercueil escorté par les bonzes qui récitent les prières, par les membres de la famille et par les amis est porté sur un immense gril en fer au-dessous duquel se trouve le bûcher. Le bonze qui préside à la cérémonie fait enlever le couvercle du cercueil, il allume le feu du côté de la tête, les porteurs mettent le feu aux quatre coins, ensuite les parents jettent sur le foyer du bois odoriférant tel que le santal. Pendant que le corps se consume, les pleurs et les sanglots se font entendre. Le lendemain, quand le feu est éteint, les enfants viennent avec des urnes en terre ou en cuivre dans lesquelles ils renferment les cendres des os et les os non consumés.

Pour les membres de la famille royale, la cérémonie est plus importante. Le Roi attend d'avoir un certain nombre de morts pour les brûler tous ensemble. Les corps sont conservés pendant un an et souvent pendant plusieurs années. Dans l'intervalle, on fait couper dans les forêts les plus grands arbres que l'on peut trouver et les mandarins procèdent à la construction d'un catafalque colossal terminé en forme de pyramide qu'on élève dans l'enceinte du palais ; au temps fixé pour la cérémonie commencent des jeux publics qui durent plusieurs jours. La crémation a lieu après ; on ouvre les cercueils pour voir dans quel état sont les morts, souvent ils ne sont pas encore complètement desséchés, dans ce cas on leur arrache la peau, le Roi met alors lui-même le feu au bûcher, puis les cendres et les os sont recueillis dans des vases en or et ces derniers sont déposés dans la pagode royale qui est à côté du palais.

FÊTES

Après avoir traité un sujet aussi triste que celui dont je viens d'entretenir le lecteur, nous laisserons les morts dormir du sommeil des justes et revenant aux vivants je parlerai de leurs fêtes.

Quoique nombreuses elles sont souvent somptueuses et durent trois jours. La plus curieuse

pour nous est celle qui consiste à chasser l'*Arak*
(le diable) du palais. A cet effet, tous les assistants
s'entourent la tête de bandelettes de coton données
par le Roi, de semblables bandelettes entourent
les appartements royaux et sont tendues extérieu-
rement autour du palais comme des fils télégra-
phiques. En cette circonstance seulement, les
bonzes cessent leurs prières : ils se contentent de
pousser à des intervalles déterminées, des cris
perçants qui servent de signal aux soldats du Roi
pour exécuter des feux de peloton et tirer des coups
de canon contre les mauvais esprits. C'est ainsi
que le diable est prié de bien vouloir se retirer en
suivant les bandelettes de coton qui, une fois la
fête terminée, sont portées par les assistants en
guise de bracelets.

Une des plus jolies fêtes est celle des joutes,
qui se fait après la crue périodique du grand fleuve,
au moment où les eaux ayant atteint leur maximum
d'élévation forment une vaste nappe sans courant.
Les courses se font entre les Mandarins qui fournissent chacun une pirogue montée par leurs
serviteurs. Ces pirogues, qui ont jusqu'à 30 mètres
de longueur, contiennent 40 rameurs qui, assis deux
par deux sur la même banquette, font avancer leur
frêle esquif en enfonçant dans l'eau avec une rapi-
dité vertigineuse une pagaie tenue des deux mains.

Pour ramer en cadence, ils accompagnent leurs
mouvements de chants faits pour la circonstance.
Le rameur qui est à l'arrière tient sa pagaie continuellement enfoncée dans l'eau et, au moyen de
mouvements à droite ou à gauche, il remplit

l'office de gouvernail, c'est généralement le plus habile, car un faux mouvement peut faire chavirer la pirogue. Ils atteignent des vitesses extraordinaires. Une année un Mandarin fit le pari d'arriver à Saïgon avant le bateau à vapeur des messageries qui fait le service entre Phnôm-Penh et Saïgon ; le voyage dura deux jours, mais la pirogue fut à Saïgon six heures avant le vapeur.

PIROGUE POUR LES JOUTES

Le Roi assiste aux joutes avec toute sa suite sur une jonque ; après chaque course, les rameurs viennent le saluer. Le soir une centaine de barques ornées de lanternes chinoises multicolores, montées par des chanteurs, des chanteuses et des musiciens, viennent passer devant l'estrade au milieu des feux d'artifices qui éclairent tout le fleuve.

Il me reste à parler des danses que le Roi donne dans l'intérieur de son palais et dans un local spécial appelé " *La salle des danses* ". Pour un oui ou pour un non le Roi donne l'ordre de la représentation qui dure toute la nuit. Plus de cent danseuses

DANSEUSE CAMBODGIENNE

paraissent sur la scène, elles exécutent des pan-
tomimes et les chanteuses racontent les anciennes

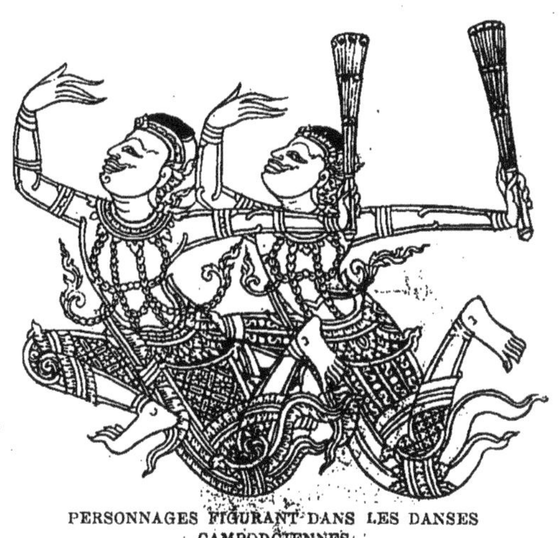

PERSONNAGES FIGURANT DANS LES DANSES
CAMBODGIENNES

splendeurs de l'illustre royaume des Kmers alors
qu'il comprenait le Siam et le Laos. Les costumes,
dont le prix atteint souvent 10.000 francs, sont
éblouissants : broderies, or, pierreries étincellent
aux yeux des spectateurs à chaque mouvement
des danseuses. Une musique très originale domine
les chants, et accompagne en cadence les con-
torsions des exécutantes. Le dessin ci-dessus, fait
par un Cambodgien, donne une idée exacte des
danseuses ; leurs ongles sont ornés de griffes
en argent, elles chaussent des sandales imitant les
pieds d'animaux fantastiques, et des ailes dorées
placées sur les hanches font croire qu'elles ressemblent aux anges.

PERSONNAGES FIGURANT DANS LES DANSES
CAMBODGIENNES

Les musiciens tapent sur des espèces d'harmonica dont les lames sont en bois, ils jouent aussi d'une grosse flûte en bois armée d'une anche comme celle de nos clarinettes, cet instrument accompagné par les tambourins donne des sons

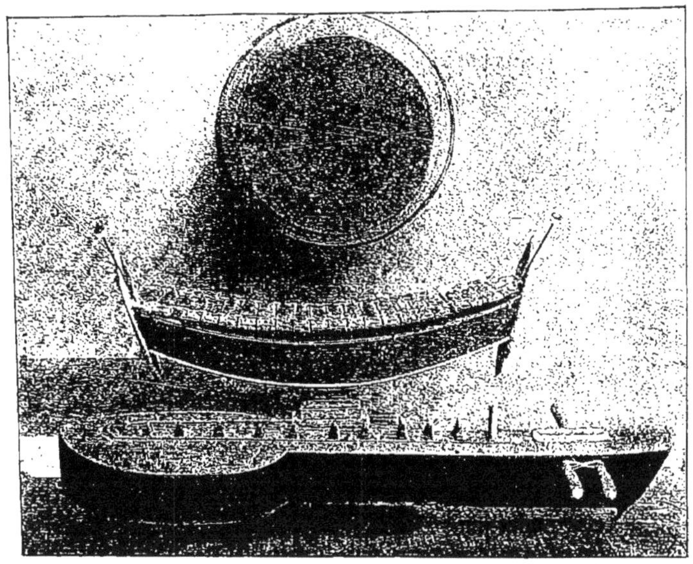

GUITARE — HARMONICA — TAM-TAM

aigus et graves, puis le musicien qui joue de l'instrument fondamental est assis au milieu d'un cercle en bambou portant suspendues sur des cordes vingt et une timbales en cuivre surmontées au milieu d'un renflement en forme de champignon sur lequel il tape des deux mains avec des marteaux en liège et en bois. Le Roi prend un grand plaisir à voir exécuter ces danses, mais il n'en est pas de même

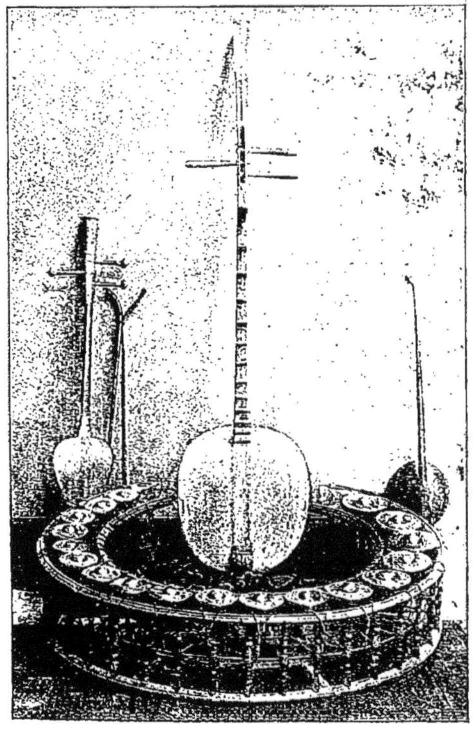

MUSICIENNE CAMBODGIENNE — INSTRUMENTS DE MUSIQUE

des Français qui, après avoir été tout d'abord émer-
veillés par les costumes bizarres des actrices, finis-
sent par trouver monotones des scènes auxquelles
ils ne comprennent rien.

LA PÊCHE AU GRAND LAC

Nous avons vu plus haut que le Mékong, à son
arrivée à Phnôm-Penh, va se jeter à la mer par

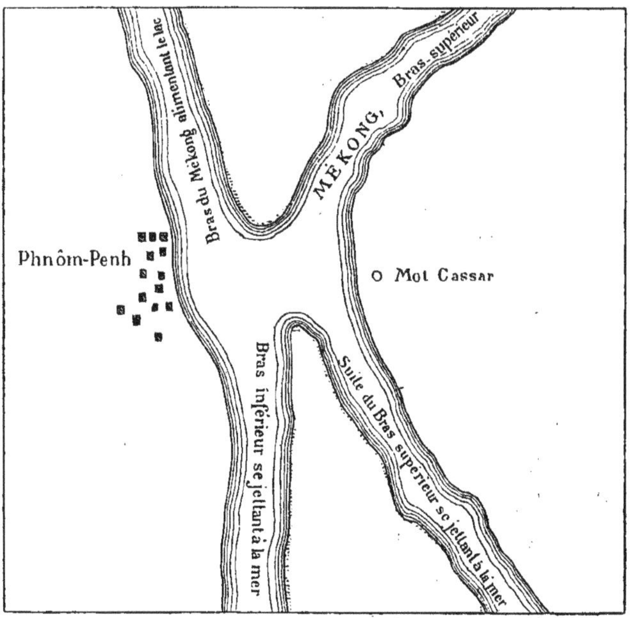

LES QUATRE BRAS DU MÉKONG

deux bras ; il forme en outre un troisième bras
qui, par un phénomène unique dans la nature,

semble remonter parallèlement au bras mère vers sa source. Ce phénomène se produit d'Août à Novembre, au moment de la crue des eaux; celles-ci, descendant du grand bras avec une violence inouïe et ne trouvant pas assez d'issue dans les deux bras inférieurs qui vont aboutir à la mer, refluent, en face de Phnôm-Penh, dans un bras supérieur pour aller remplir un immense lac le Tonlé-Sap, où le poisson vient se réfugier.

Pour se rendre de Phnôm-Penh au grand lac, les pêcheurs profitent du commencement de la crue : ils n'ont alors qu'à gouverner leurs bateaux qui, entraînés par le courant, arrivent sans effort sur le lieu de la pêche; puis, une fois celle-ci terminée, le volume des eaux diminuant, le lac se vide, un courant contraire s'établit du nord au sud, ils utilisent alors ce courant pour redescendre à Phnôm-Penh comme ils y sont venus, toujours avec un courant qui les entraîne. Ce bras du Mékong présente donc cette curieuse singularité de monter du sud au nord, pendant quelques mois, pour aller remplir le lac; puis, une fois le lac plein, de redescendre à son point de départ pour aller se jeter à son tour à la mer.

Ce lac est la richesse du pays car le poisson que l'on y prend est suffisant pour alimenter toute la Cochinchine. La pêche se fait sans grande difficulté : chaque bateau est muni de claies en bambou et de grands filets dont les pêcheurs se servent pour circonscrire une assez vaste étendue dans laquelle le poisson se trouve prisonnier, ils n'ont plus ensuite qu'à le prendre. Ces poissons, qui sont de la taille du saumon souvent même plus gros, sont salés sur place immédiatement. On leur coupe la tête et les nageoires, on les fend en deux dans toute leur longueur, on les étale sur des claies dressées un peu au-dessus de la surface des eaux et supportées par des bambous (car les eaux ont environ 1^{m}50 de profondeur au moment de la pêche), on les saupoudre de gros sel et on les laisse sécher au soleil en ayant soin de les retourner de temps à autre.

Chose bizarre, les Cambodgiens, dans leur douce indolence, ne se livrent pas au commerce du poisson ; ils ne pêchent que pour leur usage sur les bords des fleuves. Ce sont les Annamites, plus âpres au gain, qui exploitent le droit de pêcher dans le grand Lac, moyennant un droit qu'ils payent au gouvernement.

Les détritus de poisson qui sont jetés à l'eau attirent un grand nombre d'oiseaux aquatiques sur les eaux de ce lac, dont les contours sont bordés de forêts magnifiques.

Les crocodiles y abondent également, les Annamites les chassent jusque dans le grand fleuve pour les envoyer en Cochinchine, où ils sont très recherchés, sur les marchés indigènes, comme nourriture. Cette chasse assez productive pour ceux qui la font est très curieuse ; un homme et deux enfants suffisent pour se rendre maîtres de ces sauriens qui atteignent jusqu'à trois mètres de longueur. Montés sur une petite pirogue, ils parcourent le fleuve en tous sens, en laissant traîner au fond de l'eau un croc en fer attaché à un bout de rotin. Dès que le croc a senti une résistance, ils dirigent la pirogue vers la rive sur un banc de sable, où le crocodile se laisse entraîner sans trop de résistance ; puis, au moment où sa tête commence à sortir de l'eau, un des enfants, avec une hardiesse inouïe, lui saute sur la tête et en un tour de main lui musèle les mâchoires avec une corde en rotin ; le plus difficile est fait, car l'animal ne pouvant plus saisir sa proie ne se défend qu'à coups de queue, mais l'Annamite tout en s'en garant lui replie les deux pattes de devant et les attache sur le dos ; il ne reste plus qu'à le tirer complètement à sec sur le sable et à lui attacher les deux pattes de derrière en les réunissant à la queue. Le cro-

CROCODILE ATTACHÉ

codile ainsi attaché, comme le montre le dessin ci-dessus, est mis provisoirement au fond d'une barque remplie d'eau et, quand il y en a un chargement, le tout est dirigé sur les marchés de la Cochinchine pour faire les délices des Annamites.

RUINES D'ANGKOR

A l'extrémité du grand lac se trouvent d'immenses forêts remplies de gibier; après les avoir parcourues pendant quelques kilomètres en se dirigeant vers le nord-est, on aperçoit, à travers les lianes, les restes d'une ancienne chaussée en pierre de taille. Cette chaussée qui, autrefois, a dû être gigantesque, servait certainement de route pour conduire à Angkor-Thôm, l'ancienne capitale de l'illustre Royaume des Kmers dont les ruines sont comme les témoins d'un passé glorieux. D'après les traditions, les palais du Roi couvraient à eux seuls un espace de plusieurs lieues, ce même Roi avait 3 millions de soldats et gouvernait une centaine d'autres rois tributaires!

Comment un peuple aussi grand a-t-il pu disparaître pour ne laisser place qu'à un petit royaume?

Mouhot qui mourut en 1858 après avoir exploré une partie du Mékong fut le premier Français qui visita les Ruines d'Angkor-Thôm, voici ce qu'il en a dit dans sa relation de voyage : « A
« la vue de ces temples l'esprit se sent écrasé,
« l'imagination surpassée; on regarde, on admire,
« et, saisi de respect, on reste silencieux; car où
« trouver des paroles pour louer une œuvre archi-
« tecturale qui n'a jamais eu son équivalent sur
« le globe? »

RUINES D'ANGKOR

Le premier objet qui frappe la vue est une porte immense avec deux galeries intérieures ; dès lors l'œil n'aperçoit plus que des palais, des pagodes, des massifs de 60 mètres d'épaisseur, avec des galeries supérieures, enfin un luxe d'ornementation incroyable. Un seul monument comporte trente-quatre tours ; il faudrait des mois entiers pour se faire une idée exacte de toutes ces beautés.

Parmi les Cambodgiens, les uns disent que les anges sont les auteurs de ces constructions ; d'autres, et je les crois dans le vrai, en attribuent l'origine au fameux roi lépreux (Neac Somdack Comlong), qui les aurait fait bâtir pour payer à un bonze une promesse de guérison. Ce serait ce dernier qui aurait fait aussi construire la pagode de la ville d'Angkor ; sa statue s'y trouve, et elle frappe tout le monde par la noblesse de sa physionomie. On pense que ces constructions auraient été élevées pendant le neuvième siècle, alors que le royaume du Cambodge était à l'apogée de sa gloire.

Il faut trois heures de marche à travers une forêt pour arriver sur une esplanade composée d'immenses pierres parfaitement rapprochées ; on y trouve de beaux escaliers de distance en distance avec des ornements représentant des sphinx ; quatre principaux escaliers donnent accès sur cette magnifique promenade, de laquelle, par une chaussée de 250 mètres de long sur 10 de largeur avec des murs de soutènement en granit, on accède à un fossé d'un périmètre immense qui entoure tous ces bâtiments. On passe sur un pont et

RUINES D'ANGKOR

l'on arrive alors à un endroit où les arbres n'ont pas pu pousser et où apparaît une magnifique colonnade avec cinq tours; celle qui occupe le milieu est la plus élevée et se découpe dans le ciel à une hauteur prodigieuse; tout cela est élégant et majestueux, et quand on étudie ces ruines de près, on y découvre un fini et des beautés de l'effet le plus gracieux, car il n'y a pas une pierre, pas une simple tuile qui ne soit sculptée, ainsi que l'on peut s'en assurer, en étudiant à la loupe les photogravures reproduites ici. Dans ce dédale immense, on rencontre des blocs énormes qui forment des chapiteaux, des coupoles qui ont été dorées, car on y aperçoit encore les vestiges des couleurs. On se sent saisi de respect pour les ouvriers inconnus qui ont su trouver des moyens assez puissants pour élever à des hauteurs si considérables ces gigantesques constructions. En somme, l'idée d'un plan général pourrait être expliquée par deux immenses carrés situés l'un dans l'autre et entourés de galeries d'où partent quatre rues qui aboutissent au monument du centre; au milieu se trouve une statue qui est encore desservie par des bonzes et autour de laquelle les Cambodgiens et les Siamois viennent faire des cérémonies. On compte vingt-quatre obélisques qui entourent ces principaux monuments. Enfin l'œil s'arrête sur des colonnes, des lions, des éléphants et des animaux fantastiques en granit, des arcs de triomphe.

La muraille d'enceinte de cette ville en ruines a 40 kilomètres de périmètre, 8 mètres de hauteur

RUINES D'ANGKOR

dans certains endroits elle atteint même 15 mètres) et 3 mètres d'épaisseur. Elle est percée de cinq portes dont deux à l'est. Presque tous les bas-reliefs sont formés de quatre plans superposés représentant un roi assistant à des guerres, et des danses où les femmes sont toujours en très grand nombre.

Il existe dans l'Inde des statues d'un type absolument identique, et cela n'a rien d'étonnant, le bouddhisme, qui est originaire de l'Inde, étant aussi la religion du Cambodge.

Un pont de quatorze arches qui paraît plus ancien frappe aussi les regards par la façon supérieure dont il est construit.

BAS-RELIEF PROVENANT DES RUINES D'ANGKOR

Tous ces monuments sont couverts d'une immense quantité de caractères en pâli qui sont encore très visibles; jusqu'à présent ils ont été indéchiffrables, on prétend qu'il y a une clef, qu'il serait absolument nécessaire de connaître.

Comme toujours il existe des légendes que l'on raconte; ainsi l'on fait voir une pierre qui, dit-on, communique avec la mer et remue quand la mer est agitée.

Quoi qu'il en soit, cette architecture grandiose laisserait rêveur le savant, l'archéologue qui pourrait scruter le passé pour le faire parler. Il est regrettable que des monuments pareils soient tombés en ruines, car même dans l'état où ils sont, celui qui a le bonheur de pouvoir les contempler n'a qu'à s'incliner en présence d'ouvrages aussi gigantesques!

MAISON DE REPOS POUR LES VOYAGEURS

PRODUITS DU CAMBODGE

LE TABAC

Le tabac pousse à peu près partout au Cambodge. La plante y atteint de très fortes dimensions. La tige comme grosseur est presque le double de la plante qu'on cultive à Sumatra. Il n'est pas rare de voir des feuilles mesurant de 60 à 65 centimètres de longueur sur 40 de largeur. Malheureusement, quelque soin que l'on ait apporté jusqu'ici à sa préparation, le tabac exporté sur les marchés de l'Europe a été jugé trop chargé en nicotine et trop difficilement combustible. Ce ne sont pas là sans doute des défauts irrémédiables, mais ils ont néanmoins enrayé pour un certain temps les chances que cette industrie peut avoir de se développer dans le pays.

LE POIVRE

Le poivre réussit très bien dans plusieurs provinces. Nous citerons celles de Kampot, de Péam et de Tréang. Ces dernières années en présence des droits exagérés qui frappaient les poivres à leur entrée en France sans distinction d'origine nos plantations luttaient péniblement contre la concurrence étrangère et la culture de cette épice était peu en faveur. Une détaxe de 1 fr. 04 par kilogramme, accordée à partir de 1891 aux poivres originaires de nos colonies importés dans la métropole, non seulement les a préservées de la ruine qu'elles redoutaient, mais encore a donné à ceux qui les exploitent l'espoir de beaux bénéfices.

Aujourd'hui le nombre des planteurs indigènes progresse rapidement. Cette culture est une de celles sur lesquelles il conviendrait peut-être d'attirer l'attention de ceux de nos émigrants qui disposent de quelques capitaux.

LE CAFÉ

Le café vient parfaitement dans plusieurs provinces notamment dans celles du golfe de Siam et du grand Fleuve. C'est la sorte connue sous le nom de Libéria qui paraît la plus résistante et la mieux appropriée au pays, mais les plantations sont de date toute récente et ne sont pas encore arrivées à la période de plein rapport. Toutefois il est permis d'ores et déjà de fonder sur cette culture les plus grandes espérances. Les jeunes plants sont d'une venue magnifique et l'on a constaté des fruits et des fleurs sur des arbrisseaux de quinze mois à peine. Il n'y a donc pas à redouter ici les insuccès qui ont frappé les premières entreprises de ce genre tentées en Cochinchine et dont le souvenir n'a que trop longtemps paralysé l'initiative des colons.

LE MURIER

Sur les rives du grand Fleuve, les Cambodgiens se livrent à la culture d'un mûrier nain dont on coupe chaque année les branches au ras du sol. La soie, fabriquée à l'aide de procédés très primitifs, est trop peu abondante et présente trop d'imperfections pour pouvoir actuellement être écoulée sur les marchés européens. Elle est inimitable comme couleur et comme solidité. Peut-être en améliorant la race des vers à soie et en perfectionnant les procédés d'étouffement des cocons, les capitaux français pourraient-ils trouver leur utilisation dans l'exportation de ces cocons en Europe.

LE COTONNIER

Le cotonnier, qui est connu en Chine depuis les siècles les plus reculés, a toujours été cultivé soigneusement au Cambodge, sur les rives du grand Fleuve et dans l'île de Kassuthine au-dessus de Phnôm-Penh. La culture est rendue d'autant plus facile que, chaque année, au moment de la crue du Mékong, le terrain se trouve fertilisé par les limons que les eaux y déposent, aussi la récolte est-elle abondante ; toutefois le coton du Cambodge n'est pas de première qualité, cela tient probablement au manque de soins.

Une entreprise vraiment sérieuse vient de se monter tout récemment dans l'île de Kassuthine. Un français, M. Praire, a installé en grand l'égrenage du coton, et a admirablement réussi. Le droit d'exportation qui frappe cette marchandise étant établi au poids, M. Praire a eu l'ingénieuse idée de séparer la graine du coton pour diminuer ce droit et il est sûr, en opérant ainsi, d'avoir un résultat sérieux étant donné que le coton cambodgien contient environ 25 %, de graines.

Après l'égrenage les graines sont utilisées pour faire une huile qui est bonne à manger pendant qu'elle est fraîche et qui est surtout employée en France pour la préparation des sardines. à l'huile. Le succès obtenu par M. Praire encouragera certainement d'autres colons à se lancer dans cette industrie qui est appelée à un avenir certain.

LE CARDAMOME

Le cardamome, qui est une grande et belle plante vivace avec des racines traînantes et qui donne comme fruit de petites capsules ovoïdes, croît au Cambodge dans les lieux humides. Il a beaucoup d'analogie avec le gingembre. Sa graine est fréquemment employée comme médicament par les indigènes, elle a des propriétés stomachiques, digestives, et les Chinois la considèrent comme un prolifique très puissant.

On trouve le cardamome aux frontières du Siam sur le flanc des montagnes exposées au soleil levant, au milieu de forêts épaisses, froides, humides et malsaines.

Les Cambodgiens sont très amateurs des racines tubéreuses qui poussent abondamment aux pieds du cardamome; ils les font bouillir pendant plusieurs heures dans une marmite pleine d'eau et avec cette eau bien imprégnée de l'arome des racines, ils font un breuvage très estimé dans le pays, breuvage qui a la propriété de donner de la vigueur et de la chaleur au corps.

Il y en a deux espèces, celle qui est cultivée et celle qui est sauvage, la première se vend beaucoup plus cher. Avant de livrer les grains du cardamome au commerce, on les fait chauffer sur des treillis en bambous au-dessous desquels on allume un feu ardent afin de les séparer de leur enveloppe, ils ont alors la grosseur d'un pois chiche. C'est dans la province de Pursat que se font les transactions de ce produit.

MINERAIS DE FER

Le gîte le plus important du Cambodge, le seul qui, jusqu'à ce jour, ait été l'objet d'une étude sérieuse est celui de Phnôm-Deck, dans la province de Kompong-Soai. Il est exploité d'une façon très primitive à l'aide de procédés coûteux par les populations sauvages de la région, les Kouy. Leurs produits très estimés affectent la forme de petites barres étirées aux deux extrémités et servent de monnaie dans tout le Laos et une grande partie du Siam.

D'après les études faites en 1881 et 1882 par M. Fuchs, ingénieur en chef des mines « les « minerais de choix se prêtent parfaitement aux « nouvelles méthodes de la métallurgie du fer et « peuvent donner dans les meilleures conditions « possibles d'excellents aciers Bessemer ou Mar- « tin. » Le minerai est un oxyde de fer contenant, d'après les analyses faites au laboratoire des forges de Commentry, jusqu'à 70 °/₀ de métal.

L'évaluation, par le même ingénieur, de l'importance du gîte est de 6 à 7 millions de tonnes de minerai.

ÉCAILLE DE TORTUE

La tortue-caret fournit l'écaille du commerce, article très employé dans l'industrie parisienne.

La pêche des tortues-caret se fait sur les côtes

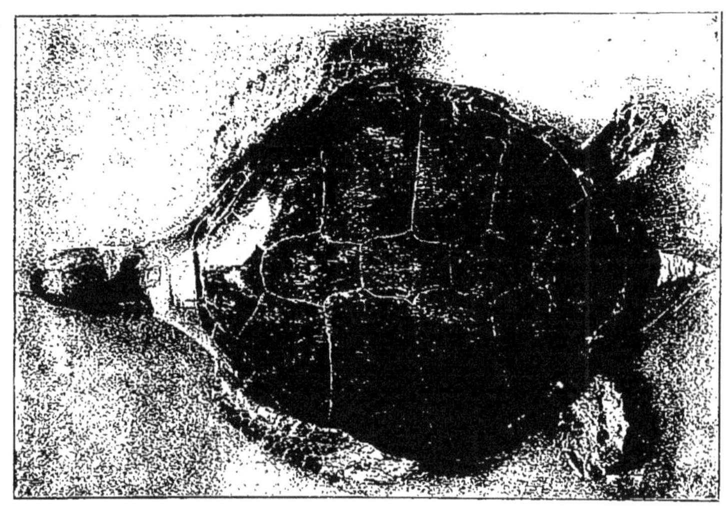

TORTUE CARET

des îles du golfe du Siam situées à l'ouest et au sud-ouest de Phuquoc.

Elle a lieu vers le mois de décembre, lorsque la mousson nord-est est bien établie et cesse en avril avec la mousson sud-ouest.

Les barques qui s'occupent de ce genre de pêche appartiennent au port d'Hatien (Cochinchine) et à celui de Kampot (Cambodge).

Les produits sont vendus dans ces deux localités sans qu'il soit possible de déterminer exactement la valeur annuelle de la pêche qui est presque entièrement monopolisée entre les mains de quelques Chinois de Kampot.

Cet article se vend en Chine à des conditions très avantageuses. La tortue-caret a les écailles indépendantes les unes des autres et disposées comme les tuiles d'un toit. La couleur varie du blond au noirâtre; la variété blonde est la plus recherchée et la plus chère.

Les tortues préparées se vendent sur place de cinq à dix piastres l'une selon leur dimension.

GISEMENTS DE SALPÊTRE, DE CHAUX ET DE KAOLIN

On trouve dans les provinces de Phéam et de Kampot, à l'île de Khmaou et à Phnom-Sa des gisements de calcaire et de salpêtre qui n'ont jamais été exploités que par les indigènes.

Dans le grand Fleuve au-dessus de Krauchmar existent des carrières de kaolin dont, jusqu'à ce jour, on n'a également tiré aucun parti.

La chaux de pierre calcaire provenant du Cambodge est très estimée en Cochinchine et préférée à la chaux de coquillages venant de Singapour.

NOTRE SITUATION ACTUELLE

AU CAMBODGE

Pendant les vingt premières années environ qui suivirent le traité intervenu entre le contre-amiral de la Grandière et le Roi Norodom, traité qui plaçait ce dernier sous le protectorat de la France, notre rôle politique et administratif fut presque nul au Cambodge, car il se bornait simplement à avoir à Phnôm-Penh un représentant qui dépendait du gouverneur de la Cochinchine.

Le Roi administrait ses Etats à sa guise cherchant par tous les moyens à se soustraire le plus possible à la tutelle de la France ; de leur côté, nos représentants, soit par indolence, soit par incapacité, ne demandaient qu'à terminer dans le plus bref délai leur séjour auprès du Roi pour obtenir un galon de plus et rentrer ensuite en France. Quant au développement de notre commerce, c'était le moindre de leurs soucis. M. Moura qui, de quartier maître-mécanicien, était arrivé au grade de lieutenant de vaisseau, eut l'honneur de nous représenter pendant une douzaine d'années au Cambodge, on peut dire sans hésiter que ce furent douze années perdues pour la France. Esprit étroit mais ambitieux, il employa toute son intelligence à louvoyer entre le Roi et le gouverneur sans s'occuper des réformes qui s'imposaient. C'est avec terreur qu'il voyait arriver à Phnôm-Penh les négociants qui cherchaient à y engager des capitaux ; ces marchands de perruques, ces frères de la côte, comme il les appelait, étaient pour lui comme une épée de Damoclès suspendue sur sa tête.

Sans aucune influence auprès du Roi, n'étant pas même arrivé à parler la langue du pays après un long séjour, il ne comprenait qu'une chose : à savoir que les colonies étaient faites pour permettre aux officiers de monter en grade et non pour favoriser notre commerce d'exportation. Le résultat d'une apathie pareille fut que le Roi, ne recevant aucun conseil, n'ayant pas une ligne de conduite imposée, abandonna les rênes du char à ses Mandarins qui, sous le prétexte d'agir à l'ombre de notre drapeau, commirent toutes les exactions possibles. Notre protectorat nous coûtait très cher et nous n'en retirions aucun profit.

Il était temps de voir changer la face des choses. C'est à l'ingérence de l'élément civil dans nos colonies que nous le devons. M. Thomson, ancien préfet de la Loire, après avoir été nommé gouverneur de la Cochinchine, commença le feu ; il crut, en employant toute son énergie, améliorer le sort de nos colons. Toutefois il n'atteint pas le but qu'il visait, par suite du manque de conciliation qu'il y apporta. Il eut le grand tort de brusquer la situation. Au mois de Juin 1884, il forçait le Roi à signer un traité par lequel on lui imposait toutes les réformes administratives, judiciaires, financières et commerciales qui devaient affirmer l'existence de notre protectorat.

En un mot, c'était l'administration française qui se substituait à l'administration cambodgienne, tout en conservant les principaux fonctionnaires cambodgiens.

Malheureusement le mécontentement du Roi, auquel on avait mis le couteau sous la gorge et la mauvaise volonté des Mandarins à accepter les nouveaux modes d'administration ne tardèrent pas à amener comme résultat une insurrection qui dura pendant deux années.

Ce ne fut, en effet, qu'en 1886 que M. Piquet, ancien directeur de l'intérieur à Saïgon, ayant été nommé résident de la France au Cambodge mit fin au désarroi qui s'était produit. Avec le concours du Roi, il fit comprendre au peuple que la France ne désirait pas faire la conquête du royaume mais simplement exercer avec modération les droits que lui conférait le protectorat. Grâce à ces sages promesses le pays rentra immédiatement dans la tranquillité ! Néanmoins il est triste de dire qu'à ce moment M. Piquet ne fut pas assez soutenu par le gouverneur de la Cochinchine qui n'avait pas les mêmes vues au point de vue administratif.

Ce ne fut donc que quelque temps plus tard, lorsque M. de Lanessan, député de la Seine, fut chargé d'une mission en Indo-Chine, que notre situation au Cambodge fut définitivement bien établie.

D'accord avec M. Piquet, M. de Lanessan, qui devait devenir peu après gouverneur général de l'Indo-Chine, fit comprendre au Roi le bénéfice qu'il pourrait retirer des réformes qu'on lui proposait. C'est à ce moment que le Roi rendit l'ordonnance relative à la propriété qui jusqu'alors avait été inaliénable au Cambodge, ordonnance dont j'ai déjà parlé. Enfin par une seconde ordonnance il fut décidé que M. Piquet, résident de la République française, serait nommé président d'honneur du Conseil des ministres et serait chargé de réorganiser les finances du royaume.

Telles étaient les bases d'un nouveau traité, pour ainsi dire, traité qui reçut son entière application lorsque M. de Lanessan prit possession de son poste de gouverneur.

Depuis, le Cambodge a réellement prospéré, le Roi, débarrassé de tout souci, touche une liste civile d'environ 360.000 piastres ; les impôts, plus sagement répartis, rentrent sans difficulté et je ferai comprendre les résultats obtenus par cette nouvelle administration en disant que, depuis 1890, le budget du Cambodge a doublé. On a déjà fait beaucoup, je me plais à le reconnaître, mais il reste encore à nos gouvernants une longue carrière à parcourir pour tirer parti des ressources immenses que nos colons peuvent trouver dans un pays neuf comme le Cambodge.

Le droit de propriété est créé pour la ville de Phnôm-Penh, des comptoirs s'y installent, mais ce n'est pas assez ; c'est pourquoi, je terminerai par un desideratum qui certainement ne tardera pas à se réaliser, c'est de voir créer ce même droit de propriété dans l'intérieur du pays. Le Cambodge est grand et c'est à peine si les bords de ses fleuves sont peuplés, il faut donc permettre à nos colons de pouvoir exploiter non seulement les rives des fleuves, mais encore toutes les richesses qui sont disséminées dans l'intérieur en leur facilitant le droit de devenir propriétaires des vastes terrains sur lesquels ils peuvent s'établir. Ce sera long évidemment, mais à tout il faut un commencement, notre belle France elle-même était autrefois un pays inculte, les moines commencèrent à la défricher, et il lui a fallu des siècles pour devenir fertile et productive.

Espérons qu'il en sera de même pour toute l'Indo-Chine et notamment pour le Cambodge; espérons pour lui qu'après avoir été un des plus illustres royaumes des temps anciens, il renaîtra de ses cendres, et reprendra son ancienne importance sous le souffle puissant de notre République, qui peut tout parce qu'elle est grande, parce qu'elle est forte, et parce que son devoir est de soutenir l'honneur de la France, même au delà des Océans.

TABLE DES MATIÈRES

PRODUITS DU CAMBODGE

Grande Imprimerie Forézienne
P. ROUSTAN
ROANNE (Loire)